Marten Zabel

Jon Danger und das Elixier des Lebens

Jon Danger, Band 1

Marten Zabel

Jon Danger und das Elixier des Lebens

Abenteuerroman

Bibliografische Information der Deutschen Nationalbibliothek:
Die Deutsche Nationalbibliothek verzeichnet diese
Publikation in der Deutschen Nationalbibliografie; detaillierte
bibliografische Daten sind im Internet über http://dnb.dnb.de
abrufbar.

Die automatisierte Analyse des Werkes, um daraus
Informationen insbesondere über Muster, Trends und
Korrelationen gemäß §44b UrhG („Text und Data Mining") zu
gewinnen, ist untersagt.

Weitere Informationen unter jondanger.com

Verlag: BoD · Books on Demand GmbH, In de Tarpen 42,
22848 Norderstedt

Druck: Libri Plureos GmbH, Friedensallee 273, 22763
Hamburg

ISBN: 9783759759146

Doktor Jonathan Daniel Danger rannte durch die Gassen Hongkongs und die Kugeln seiner Verfolger pfiffen ihm um die Ohren. Der Himmel war nur ein schmaler grauer Streifen über der Schattenwelt aus kleinen Läden, Straßenständen, Lampions und Wäscheleinen. Ein Knall hinter Jon, dann ein lautes Scheppern, als die Pistolenkugel in eine Reihe hängender Töpfe und Pfannen einschlug.

Die Menschen waren bei den ersten Schüssen auseinander gestoben wie ein Haufen Hühner – in den Gassen war kaum noch jemand zu sehen. Jon schlug einen Haken, atmete eine Lunge voll des scharfen Qualms eines Kohlefeuers ein. Darüber verbrannten zurückgelassene Fleischspießchen langsam. Er ergriff eine Metallstange, die ein Vordach stützte, und schwang herum, um auf gut Glück in eine schmale Seitengasse abzubiegen. Hoffentlich aus der Schusslinie der Männer, die ihn verfolgten.

Die Gasse war eng – Jon hätte die Hauswände auf beiden Seiten mit ausgestreckten Armen berühren können. Aber jetzt war er damit beschäftigt, um sein Leben zu rennen. Am anderen Ende mündete der Weg ein eine weitere kleine Straße voller Geschäfte und Stände. Diese war allerdings noch voller Menschen. Jon rannte in eine Wand aus Sinneseindrücken hinein: Qualm von Kohlefeuern. Zum Trocknen aufgehängte Reihen kleiner Tintenfische. Ein Stapel geflochtener Körbe. Käfige mit Tieren darin. Jede Menge Menschen die ihn überrascht anstarrten – Weiße verirrten sich selten in diese Gegend.

Jon war stehengeblieben, um sich zu orientieren. Dann hörte er einen Ruf: „Doktor Danger! Hier drüben!" Sein Blick folgte der Stimme. Aus einer Tür lehnte sich ein junger Mann mit moderner Gelfrisur und strahlend weißem Hemd.

„Li!" Rief Jon und lief los, als gerade ein Schuss hinter ihm fiel und in die Hauswand gegenüber der Gasse einschlug.

Die Tür, in die Li ihn hinein zerrte, führte nicht in eine Wohnung oder einen Laden, sondern in eine besonders enge Nebengasse. Diese war so schmal, dass sie trotz der Tageszeit in ein düsteres Zwielicht gehüllt war. Das weiße Hemd seines Führers leuchtete Jon den Weg.

„Li! Was zur Hölle ist hier los?"

„Die wollen Sie schnappen, Doktor Danger!"

„Das habe ich auch gemerkt, Li. Aber was machen Sie hier?"

„Professor Jackson schickt mich. Er hat gehört, dass die Leute von Boss Pang hinter Ihnen her sind. Hier lang!"

Li bog plötzlich nach rechts in eine weitere Tür ab. Hinter sich hörte Jon die Tür am Anfang der Gasse aus den Angeln splittern. Rufe und Flüche auf Kantonesisch wehten ihm hinterher. Dann war er durch den Türrahmen und in einer weiteren fremden und spärlich beleuchteten Welt fremdartiger Gerüche.

Zu Jons Überraschung führte Li ihn mehrere Treppenfluchten hinauf in höhere Etagen des Viertels. Dann durch einen offensichtlich nachträglichen Mauerdurchbruch. Zwei Treppen hinunter, durch eine Tür auf eine hölzerne Brücke. Die überspannte eine Straße und verband zwei gegenüberliegende Gebäude miteinander. Direkt in das nächste Gebäude hinein, eine Treppe herunter, ging es schließlich auf einen Hof.

Galerien umringten den freien Platz auf drei Etagen darüber – ganz oben ein Quadrat grauer Himmel. Eine Gestalt kam aus einer dunklen Ecke. Jon erkannte sie: Es war Hongye, Lis Schwester und ebenfalls Studentin von Professor Jackson.

Sie trug eine einfache Kombination aus Rock und Hemd – anders, als am Vorabend, als die Studenten mit ihrem Professor und Jon ausgegangen waren. Da hatte sie ein chinesisches Kleid mit Blumenmuster getragen und die Haare hochgesteckt. Jetzt fiel ihr die schwarze Pracht offen über die Schultern.

„Miss Hongye", grüßte Jon und zückte seinen Hut aus Känguruhleder.

„Doktor Danger, Li, Ihr lebt!"

Die Geschwister wechselten ein paar schnelle Sätze auf Kantonesisch – zu schnell für Jon, um der Konversation zu folgen. Er verstand lediglich, dass es darum ging, ihn zu verstecken und dass die Polizei involviert sein sollte. Es war nicht leicht für einen weißen Mann, in dieser Gegend zu verschwinden. Die Triaden, die hinter Jon her waren, brauchten ihn nicht einmal zu beschreiben, um von jedem Passanten zu erfahren, wohin die Langnase gelaufen war.

Nach einer kurzen Diskussion hatten sich die beiden offenbar auf einen Plan geeinigt. „Doktor Danger, Sie gehen bitte mit meiner Schwester mit während ich Professor Jackson Bescheid gebe und der die Polizei alarmiert", sagte Li mit einem leichten Augenverdrehen beim Wort Polizei.

„Danke, dass du mir den Hintern gerettet hast, Li. Pass auf dich auf."

„Und Sie passen auf sich auf. Und lassen Sie die Finger von meiner Schwester." Diese Bemerkung brachte Li einen Knuff von Hongyes Ellenbogen ein. Dann verschwand der junge Student durch eine der Türen, die vom Hof wegführten. Hongye nahm Jon bei der Hand und führte ihn durch eine andere.

„Was wollen diese Leute von mir", fragte Jon während seine Begleiterin offenbar versuchte, einen Weg durch das Viertel zu bahnen, auf dem der Ausländer an ihrer Seite nicht gesehen wurde.

„Boss Pang handelt unter anderem auch mit Antiquitäten. Der Professor hat schon einmal für die Polizei beschlagnahmte Gegenstände identifiziert. Vielleicht braucht er einen Altertumsexperten?"

„Dann hätten seine Leute wohl kaum auf mich geschossen. Meine Güte, so viele Kugeln sind seit dem Großen Krieg nicht mehr um mich herumgeflogen."

„Hier entlang, Doktor Danger." Sie kamen aus einer Gasse in ein weiteres Gebäude. Welche Türen verschlossen waren, welche offen, ob dahinter eine Straße, eine Wohnung oder eine Garküche lag – für Jon war das System dieses Labyrinths nicht zu durchschauen. Aber die Menschen, die hier wohnten, kamen offenbar gut damit zurecht. Und Hongye war, das wusste er, eine von ihnen.

Sie waren eben aus einer Wäscherei in die Küche eines größeren Restaurants gekommen. Auf Gasflammen brutzelte Essen in großen, gusseisernen Pfannen. In dem Moment, in dem Jon realisierte, dass trotz kochender Töpfe keine Köche zu sehen waren, sah er zwischen hängenden Töpfen den Mann, der die Jagd auf ihn schon früher angeführt hatte: Ein Einheimischer in weißem Anzug und weißem Hut mit einer Brille mit kleinen runden Gläsern, die rot getönt waren. Er stand am anderen Ende der Küche und richtete etwas auf Jon, das dessen Kriegserinnerungen als selbstladende Pistole vom Typ Mauser C96 identifizierten.

Jon riss einen Arbeitstisch mit so großer Wucht hoch, dass dieser in einem Bogen auf den Schützen zuflog und diesem dabei auch noch das Schussfeld versperrte. Ein weiterer Angreifer, dieser in einem grauen chinesischen Anzug, tauchte zwischen den Öfen auf. Ein Küchenbeil in der Hand erhoben, hatte er es auf Hongye abgesehen. Noch während der Mann in Weiß überrascht einen Schuss abgab warf sich Jon zur Seite und rempelte den Gangster in Grau an. Dabei griff er nach dessen Waffenarm und schleuderte diesen herum. Direkt in eine Pfanne mit brutzelndem Essen hinein. Der Mann schrie auf, das Küchenbeil klapperte in das Bratgemüse. Jon hatte keine Zeit, sich weiter mit ihm zu beschäftigen – der Pistolenschütze in Weiß hatte sich von dem Schreck des auf ihn zufliegenden Tischs erholt und legte seine Waffe erneut auf den Ausländer an.

„Bleib unten!" Fuhr Jon Hongye an und ging seinerseits hinter einem Tresen in Deckung.

Es waren keine fünf Meter zwischen Jon und dem Schützen aber die waren mit einem Labyrinth aus Arbeitstresen, Herden, Schränken und von oben herabhängenden Aufbewahrungsmöglichkeiten für Küchenwerkzeuge und getrocknete Kräuter versperrt. Jon hastete geduckt nach links, um den Mann in Weiß zu flankieren. Ein Schuss peitschte über ihn hinweg, prallte scheppernd an einer hängenden Pfanne ab und verschwand pfeifend irgendwo im Rest der Küche.

Jon griff aus einem Regal einen Topf, dann mit der anderen Hand ein Küchenmesser. Er warf den Topf wie eine Handgranate über den Tresen dorthin, wo er den Mann in Weiß vermutete. Dieser reagierte mit einem Schuss – allerdings hoch auf den Topf. Jon tauchte dahinter auf und warf das Messer, als der Mann erneut Schoss. Der Schütze schrie auf – das Messer steckte ihm in der Schulter. Der verletzte Mann in Weiß drehte sich halb herum, taumelte durch eine Tür aus dem Raum. Jon blickte an sich herunter und stellte fest, dass er ebenfalls blutete.

„Hongye?"

„Doktor Danger? Hier drüben!" Jon hastete zwischen den Tresen hindurch zurück zu der Stelle, an der er den ersten Angreifer zumindest vorübergehend außer Gefecht gesetzt hatte. Als er um die Ecke des Tresens kam, bot sich ihm ein überraschendes Bild: Der Gangster in Grau lag auf dem Bauch, seine Hände auf dem Rücken mit einem Gürtel gefesselt. Hongye kniete auf ihm und hielt ihm ein Küchenmesser an die Seite seines Halses. Der Mann schwitzte, verzog keine Miene aber seine Augen traten ein wenig aus ihren Höhlen hervor.

Jon nickte der Studentin anerkennend zu. „Doktor Danger, Sie bluten ja!"

„Nur ein Kratzer. Wir sollten herausfinden, was diese Kerle von mir wollen", Jon ging in die Hocke und brachte sein Gesicht näher an das des Gangsters. „Sprechen Sie Englisch?" Der Mann starrte ihn nur an. Jon versuchte es in langsamen Kantonesisch und sah Erkenntnis und Überraschung in den Augen des Gefangenen. „Hongye, hilf mir mal zu übersetzen", bat Jon.

Hongye übersetzte Jons Sätze in kurzes, scharfes Kantonesisch. „Was wollen Sie von mir?" Nur ein Kopfschütteln. „Wer schickt Sie?" Ein kurzes Schielen nach hinten. Hongye schien zu begreifen.

„Doktor Danger, schauen Sie hier." Sie zog den Ärmel des Mannes hoch, an dessen unverbranntem linken Arm. Eine Tätowierung kam zum Vorschein. „Das Zeichen kenne ich. Das gehört zu den Triaden von Boss Pang." Bei der

Erwähnung des Namens zuckte der Gefangene kurz zusammen.

„Also tatsächlich Pang", konstatierte Jon. „Wir sollten verschwinden, bevor der andere Kerl mit Verstärkung wiederkommt."

„Was machen wir mit ihm hier?" fragte Hongye.

„Der kommt schon klar. Ich schätze, mit Glück finden seine Leute ihn, mit Pech die Polizei. Falls die Köche hier die gerufen haben."

„Vermutlich nicht", sagte Hongye. „Gehen wir."

Hongye brachte Jon auf einigen weiteren Schleichwegen in das Zuhause ihrer Familie. Die Lis lebten in einem Stadthaus – schmal, mit drei Stockwerken. Beide waren noch zittrig und etwas außer Atem. Hongye schloss die Vordertür auf und leitete Jon durch eine vom Fenster zur von Vordächern verdunkelten Straße nur schwach erleuchtete Stube zu einer Treppe. Die führte hinauf in die eigentliche Wohnung der Familie. In der Küche, ebenfalls schwach erhellt durch ein Fenster, über dem ein Vordach aus Stoff hing, setzte sie ihn auf einen Schemel. Von draußen drangen die Geräusche der geschäftigen Straße zu ihnen herein und es roch nach kantonesischer Küche.

„Zeigen Sie mal", sagte Hongye mit einem Nicken auf Jons blutgetränktes Hemd.

„Nun gut", antwortete dieser und zog sich erst die nun durchlöcherte Fliegerjacke aus. Dann knöpfe er sein Hemd auf. Es war die harmloseste Form von Schussverletzung: Ein leichter Streifschuss an der linken Flanke. Zehn Zentimeter weiter rechts und es hätte Jon mindestens eine Lunge gekostet – so war eine Wunde entstanden, die bereits kaum noch blutete.

„Das müssen wir versorgen", sagte Hongye und blickte dabei nicht auf die Wunde, sondern in Jons Augen. Dieser verstand.

„Bevor es sich noch entzündet", antwortete Jon. Hongyes Haare waren beim Kampf in der Restaurantküche etwas zerwuschelt worden. Ihre schwarzen Augen wirkten im Zwielicht der Küche tief wie ein stilles Moor bei Mondschein. Noch bevor Jon etwas Weiteres sagen konnte, setzte sich die junge Frau auf den Arbeitstresen vor dem Fenster und begann, sich auszuziehen. Erst fiel ihr Rock, dann knöpfte sie ihr Hemd auf. Unterwäsche trug sie keine. Jon hielt kurz den Atem an. Nicht mehr vor Schmerzen, sondern aufgrund des perfekten Körpers, der sich da im fahlen Gegenlicht des Fensters vor ihm räkelte. Er stand auf, ging nur mit seiner Hose bekleidet auf sie zu und ergriff ihre schmalen Hüften. Seine Hände tasteten um sie herum, unter ihren festen kleinen Hintern. Er sah ihr tief in die Augen und ging dann vor ihr auf die Knie.

Sie hatte offenbar nicht damit gerechnet aber ihr leichtes Quieken zeigte ihm, dass ihr gefiel, was er da tat. Er küsste ihre Knie, ihre Innenschenkel, dann fand sein Mund das Zentrum ihrer Weiblichkeit. Er küsste innig, saugte ein wenig, und setzte dann seine Zunge ein. Ein Stöhnen entfuhr ihren Lippen und ihre Hände krallten sich in seine Haare, als Jon jeden Winkel liebevoll erforschte. Allmählich fanden sie einen gemeinsamen Rhythmus: Ihre Hände führten seinen Kopf und somit seine Zunge dorthin, wo sie sie haben wollte – und ihre Schenkel begannen, zu beben und ihn zu sich heranzuziehen. Schließlich durchfuhr ein Zittern Hongye – und ihre Scheide zog sich pulsierend zusammen. Ein leiser Lustschrei entfuhr ihr, dann entspannten sich ihre Schenkel ein wenig. Jon küsste sich ihren flachen Bauch empor, liebkoste eine Weile ihre

Brüste mit den braunen Brustwarzen, um sich dann weiter hochzuarbeiten und bei ihrem Mund anzugelangen.

Mit leichtem Silberblick sah sie ihm in die Augen. "Nimm mich, Doktor Danger."

„Sag Jon zu mir, Hongye." Und damit schob er seine inzwischen aus der Hose befreite Erektion in sie hinein. Ein Seufzer entfuhr ihr – aber viel Widerstand fand Jons Glied nicht vor. Sie war feucht und keine Jungfrau mehr. Sie saß auf der Arbeitsfläche, Jon stand vor ihr und stieß immer wieder in sie hinein. Schließlich griff er unter ihre Pobacken, hob sie herunter, stellte sie vor sich auf den Boden und drehte sie um. Erwartungsvoll wackelte sie mit ihrem süßen Hinterteil – was Jon noch viel wilder machte. Er führte seinen Penis in ihre wartende Weiblichkeit ein und stieß gnadenlos immer wieder zu. Schließlich begann sie zu zittern, sackte vor ihm fast auf die Knie, nur noch gehalten vom Küchentresen. Als sich ihre Scheide um sein Glied zusammenzog, konnte auch Jon sich nicht mehr halten und kam.

Die gesamte Anspannung der Hetzjagd durch die Stadt, des anschließenden Kampfes auf Leben und Tod, und nun des Liebesaktes, fiel von ihnen ab. Jon setzte sich wieder auf den Küchenschemel und Hongye schmiegte sich, noch immer nackt, auf seinen Schoß. „Wird Deine Familie heimkommen?"

„Nein, wir haben Zeit. Bis Li beim Professor ist dauert es mindestens eine Dreiviertelstunde. Meine Eltern arbeiten beide in der Kolonialverwaltung und meine Großmutter ist heute auf dem Markt. Wir haben noch etwas Zeit, Doktor Danger."

„Jon."

„Jon." Sie sagte es mit einer zärtlichen Ironie, die ihm gefiel. Dann hämmerte jemand unten an die Ladentür. Erschrocken sahen sie sich an. "Ich gehe nachsehen", sagte Jon und griff sein Hemd. Hongye nickte nur und begann, ihre Kleidung vom Boden aufzulesen.

Auf dem Weg nach unten hatte Jon ein Küchenbeil gegriffen und hielt es hinter sich, als er die Haustür der Familie Li öffnete. Draußen vor Tür war niemand. Wohl aber eine hölzerne Kiste. Auf diese hatte jemand einen Zettel mit der Aufschrift „Dr. Danger" genagelt. Jon nahm die Kiste mit rein und schloss die Tür hinter sich. Sie war überraschend schwer. Hongye tauchte hinter ihm auf. „Was ist das?"

Jon öffnete den Deckel. Hongye quiekte entsetzt, Jon schrak ein Stück zurück. In der Kiste befand sich ein menschlicher Kopf. Frisch abgetrennt. Er trug sogar noch die Brille mit den rotgetönten Gläsern und am Rand der Kiste steckte, jetzt blutbefleckt, der weiße Hut.

Zwei Stunden lang hatte die britische Kolonialpolizei Jon verhört. Als sie mit seinen Aussagen in Sachen des abgetrennten Kopfs und des öffentlichen Aufruhrs in den Straßen des Marktviertels zufrieden waren, ließen sie ihn gehen. Jon trat aus dem Dunkel der Polizeistation auf die breite Allee. Das Gebäude hinter ihm war kolonial geprägt. In der Mitte der Allee verliefen Schienen für die neuen, doppelstöckigen Straßenbahnen Hongkongs. Es begann langsam zu dämmern – bald würden die Straßenlaternen, Lampions und Reklametafeln leuchten und Hongkong in ein fantastisches Lichtermeer verwandeln.

Eine Kinderstimme sprach Jon an: „Doktor Jon Danger?" Jon blickte nach links und sah, wenige Schritte entfernt, einen kleinen Jungen, noch keine zehn Jahre alt. Er nickte etwas irritiert. „Doktor Jon Danger ich habe eine Nachricht von Boss Pang", sagte der kleine Junge in fast akzentfreiem Englisch und mit einer gewissen Wichtigkeit in der Stimme. „Boss Pang sagt, er hat Ihre Freundin. Boss Pang sagt, Jon Danger soll morgen Mittag in den Kennedy Town Park kommen. Boss Pang sagt, Jon Danger soll für ihn arbeiten."

„Das sagt er also?"

„Boss Pang sagt, wenn Jon Danger nicht hört, hat er andere Verwendung für das Mädchen."

Jon nickte. „Morgen um zwölf also."

„Ja."

„Sag Deinem Boss, ich werde da sein."

Jon tat so, als würde er die Straße entlangschlendern. Eigentlich aber hatte er Li gesehen, der vermutlich ebenfalls seinetwegen gekommen war. Er gab seinem Freund ein unauffälliges Zeichen und schlenderte weiter, während Li den Jungen im Auge behielt. Nach ein paar Dutzend Schritten drehte er sich um. Li winkte ihm zu, ihm zu folgen. Jon lief los. Li ließ ihn aufholen.

„Doktor Danger, was ist hier los? Wo ist meine Schwester?"

„Diese Kerle haben sie. Das sagt zumindest der kleine Junge."

„Oh." Eine ganze Reihe von Emotionen und ein Anflug von Panik durchliefen Lis Gesicht.

Bevor der junge Mann die Fassung verlieren konnte, packte Jon ihn bei den Schultern und sah ihm ins Gesicht. „Wir holen sie da raus, Li. Folgen wir dem Jungen."

„Er ist in die Tram gestiegen."

„Dann laufen wir."

Jon und Li rannten los und hofften dass der Junge sie nicht sehen würde. Sie liefen direkt hinter der Tram her, die sich wie ein kleines, rollendes Hochhaus vor ihnen zurückzog.

Jon sprintete, um den Vorsprung des Schienenfahrzeugs zu überwinden. Die Wunde in seiner Flanke sandte brennende Schmerzen durch seinen Körper aber er erreichte das Heck der Straßenbahn. Er griff nach einem herausragenden Metallstück und sprang mit den Füßen auf den Prellbock der Tram. Li tat es ihm zu seiner Linken gleich. Beide ließen sich tief hängen, damit sie aus den Fenstern des Fahrzeugs nicht zu sehen waren. „So bekommen wir nicht mit, wenn er aussteigt", rief Jon zu Li herüber.

„Ich habe schon eine Ahnung, wo er hin will", antwortete Li mit einem grimmigen Blick. „Pang arbeitet vor allem aus dem Yau-Ma-Tei-Viertel heraus. Ich hab mich in den letzten Stunden schlau gemacht."

„Gut gemacht. Keine Angst: Wir retten Deine Schwester."

„Hoffentlich, Doktor Danger. Diese Männer sind sehr, sehr schlecht. Vor allem für Frauen."

„Wir brauchen einen Plan. Glaubst du, du kannst dem Kleinen unbemerkt folgen? Dich kennen sie nicht."

„Das bekomme ich hin." Lis Gesichtsausdruck wandelte sich allmählich von Sorge zu grimmiger Entschlossenheit.

„Gut. Wir treffen uns bei der Haltestelle, sobald Du weißt, wo er hinwollte." Mit diesen Worten sprang Jon von der fahrenden Tram ab.

Jon ging die Allee entlang. Die kolonial geprägten Bauten hätten auch in Europa stehen können – die Menschen aber waren eine bunte Mischung aus Briten, vereinzelten Deutschen und Franzosen, einigen Amerikanern und natürlich vielen Chinesen. Während auf dem chinesischen Festland ein Bürgerkrieg mit dutzenden Fronten tobte und das Land unter den Warlords aufgeteilt war, bot die britische Kolonie Stabilität und Sicherheit. Zumindest, solange man nicht mit den Triaden aneinandergeriet. Aber genau das war ihm passiert. Und Hongye war in die Sache mit hineingezogen worden. Er beschleunigte seinen Schritt. Die Zeit, die er bis zum Haltepunkt der Tram brauchte, würde Li hoffentlich nutzen, um das Versteck Pangs ausfindig zu machen. Hoffentlich ließ sich der Junge nicht erwischen oder machte Dummheiten wie einen Alleingang. Jon bereute, unbewaffnet zu sein. Er würde improvisieren müssen.

Er sah Li schon von weitem. Das weiße Hemd leuchtete im Dämmerlicht unter einer Straßenlaterne an der Tram-Haltestelle. „Doktor Danger", Li war außer Atem – vor Wut. „Es ist ein Bordell. Wir müssen da sofort rein."

„Ruhig, ruhig, Li. Wenn wir die Sache überstürzen, geht die Sache garantiert nicht gut. Wir brauchen einen Plan. Was kannst Du mir zu dem Gebäude sagen?"

„Es liegt vor einem Kanal. Es hat nur einen Eingang. Der ist von zwei Kerlen bewacht. Der Junge ging hinein und kam etwas später wieder heraus."

„Besorg uns ein Boot, Li. Bekommst Du das hin?"

„Hm. Bestimmt. Was ..." Dann Erkenntnis in Lis Augen.

"Warte auf dem Kanal. Ich hole Deine Schwester da raus."

Das Yau Ma Tei war ein Rotlichtbezirk. Lampions erhellten einige der Eingänge und darunter warteten Huren auf Kundschaft, begrüßten eben diese oder kamen Männer nach verrichteter Transaktion wieder heraus. Jon schlenderte so unauffällig, wie es für einen Ausländer in dieser Gegend möglich war, die Straße entlang. Einige der Prostituierten winkten ihn in ihre Richtung aber die meisten der Mädchen waren einem Fremden gegenüber zu schüchtern. Dies war keine Gegend, in die sich viele Weiße verirrten. Jon folgte der Beschreibung von Li und bog bei einem auffälligen roten Lampion nach links ab. Und schon sah er die beiden Gangster, die den Eingang eines teureren Bordells bewachten. Es hatte sogar eine Leuchtreklame, die es auf Kantonesisch als Haus des Glücks bezeichnete.

Jon grüßte die beiden Männer auf Kantonesisch und sagte ihnen, er wolle ihren Boss sprechen. Die waren zu verwirrt, um ihm groß zu widersprechen. Nach einer kurzen Diskussion tastete ihn einer der beiden auf Waffen ab, bog ihm dann den Arm auf den Rücken und schob ihn in das Gebäude. Der Innenraum war nicht elektrisch beleuchtet, sondern von Öllampen und Kerzen erhellt. Nach einem Raum für Jacken und Mäntel kam bereits eine Lounge, in der sich einige Mädchen in verschiedenen Stadien der Entkleidung auf den Schößen von gut gekleideten Chinesen räkelten, meist mit Drinks in der Hand. Auf einer Bühne führte eine Tänzerin einen Fächertanz auf – aber Jons Führer ließ ihm keine Zeit, die Show zu genießen, sondern schob ihn unauffällig aber bestimmt durch eine Tür in einen Flur und dann in ein Hinterzimmer.

Der Raum war nicht sehr groß und wurde von einem eleganten Schreibtisch aus Tropenholz dominiert. Davor standen zwei nackte Mädchen in unterwürfiger Position, den Blick zu Boden gesenkt. Dahinter saß ein Mann, der Boss Pang sein musste – aber eher wie ein freundlicher junger Verkäufer aussah. Pang hatte modisch zur Seite gegelte Haare und trug einen Anzug aus weißen Leinen. Die Krawatte war, soweit Jon das beim Licht der Schreibtischlampe sehen konnte, teure Seide. Als Jon von dem Türsteher hereingeführt wurde, huschte in schneller Folge eine Reihe Emotionen über Boss Pangs Gesicht: Irritation, dann Verwirrung, dann Erkennen und schließlich ein breites Grinsen. „Doktor Danger. Willkommen in meinem Etablissement." Er rief den beiden Mädchen etwas auf Kantonesisch zu, das Jon nicht verstand – diese aber veranlasste, gebeugten Hauptes aus dem Raum zu tippeln.

„Wo ist Hongye?"
„Ich war der Ansicht, unsere Verabredung wäre erst morgen – und nicht hier."
„Wo ist sie? Und was wollen Sie eigentlich von mir?"
„Immer mit der Ruhe, Doktor Danger. Wir sind doch beide zivilisierte Männer, oder nicht?" Das freundliche Verkäuferlächeln in Boss Pangs Gesicht blieb – aber der Blick in seinen Augen war der eines verschlagenen Raubtiers.
„Sagen Sie mir, was Sie von mir wollen und lassen Sie Hongye aus der Sache raus, dann können wir reden."

Dies war kein Ort für eine junge Studentin. Jons Stimme bebte leicht. Der Gangster von der Tür hatte ihn inzwischen losgelassen und sich in der Ecke des Raums postiert. Boss Pang zückte unter dem Schreibtisch eine selbstladende Pistole hervor und legte sie fast beiläufig vor sich auf den Tisch.

„Doktor Danger. Glauben Sie, dass Sie in der Position sind, hier Forderungen zu stellen? Ich wollte lediglich mit Ihnen reden. Ihnen ein Geschäft vorschlagen."

„Und dann haben Sie auf mich schießen lassen?"

„Das war ein Missverständnis. Gutes Personal ist so schwer zu bekommen. Wie sie vermutlich gemerkt haben, arbeitet der Mann nicht mehr für mich. Hat Ihnen mein Geschenk nicht gefallen? Das war ein Friedensangebot."

Jon dachte an den Kopf in der Kiste. „Wenn so Ihre Friedensangebote aussehen, wie sieht dann eine Kriegserklärung aus?"

„Nun, ein Anfang wäre vielleicht die Zunge Ihrer kleinen Freundin. Die braucht sie nicht zwangsweise, wenn sie für mich arbeitet."

„Ich sage Ihnen nochmal: Lassen Sie Hongye da raus und sagen Sie mir, was Sie eigentlich von mir wollen."

„Ihre Kooperation, Doktor Danger. Sie haben Zugang zu der geplanten Expedition von Professor Jackson, richtig? Da, wo diese Expedition hinführt, liegt etwas versteckt, das ich gerne hätte. Nur eines von vielen Artefakten, da bin ich mir sicher. Aber Sie als Experte alter Schriftzeichen dürften es identifizieren können – und mir bringen. Dann lassen wir das Mädchen am Leben."

Jon zögerte kurz. Die Geräusche der Nacht drangen durch das Fenster über Pangs linker Schulter hinein. Hundegebell. Das Plätschern des Kanals. Lachen. Ferne Rufe. Das Tuckern eines Motors, das gerade verstummte.

„Was suchen Sie, Pang?"

Pangs Lächeln wich einem ernsteren Gesichtsausdruck. "Ein Rezept zur Unsterblichkeit. Ich weiß, dass es sich in dieser Gruft befindet. Und ich will es haben."

„Wenn es funktioniert, warum ist es dann in einer Gruft?"

„Das lassen Sie meine Sorge sein. Seien Sie ein braver Archäologe und dann passiert Ihrer Freundin nichts. Sie hat ein Gesicht, mit dem man viele Gweilos in einen Laden locken könnte, wissen Sie?"

„Ich will sie sehen. Jetzt. Hier."

Pang blickte Jon kurz an. Dann nickte er dem Mann in der Ecke zu, der den Raum verließ. „Machen Sie keine Dummheiten, Doktor Danger", sagte Boss Pang und nickte in Richtung der Schusswaffe auf seinem Tisch. Es war ein deutsches Fabrikat – oder ein chinesischer Nachbau davon. Ganz wie bei dem Pistolenschützen einige Stunden zuvor.

Pang lächelte Jon stumm an, während dieser den Raum in Augenschein nahm. Es gab chinesische Gemälde an den Wänden, elektrisches Licht und einen Deckenventilator. Außer Pangs Schreibtisch befanden sich noch zwei Aktenschränke und ein Stuhl in dem Raum. Neben der Pistole lagen auf dem Schreibtisch einige Papiere, eine Schreib- sowie eine Rechenmaschine. „Von hier leite ich meine Geschäfte, Doktor Danger. Normalerweise lasse ich hier keine Fremden rein. Aber da Sie sich ja selbst eingeladen haben ... Ah, da ist ja unser Gast."

Der Gangster von der Tür hatte Hongye am Arm hereingeführt. „Jon!"

„Hongye! Geht es Dir gut?"

„Diese Bastarde." Hongye warf Pang einen finsteren Blick zu.

„Ja, ich schätze schon."

Sie hatte eine leichte Prellung im Gesicht und ein blaues Auge ebenfalls. Pang bemerkte Jons Blick. „Keine Sorge, Doktor Danger. Das Kätzchen hat Krallen – und der Kerl, der ihr das angetan hat, sieht weit schlechter aus."

Jon nutzte den Moment der Ablenkung. Er griff den nächsten Stuhl und schwang ihn in einer diagonalen Bahn nach Pang. „Hongye! Runter!" Er zielte dabei nicht auf den Gangster, der außer Reichweite gewesen wäre, sondern zerschmetterte den Stuhl auf dem Schreibtisch. Pang reagierte schnell genug, seine Hand zurückzuziehen, die eben noch nach der Waffe greifen wollte. Noch ehe jemand reagieren konnte, schleuderte Jon die zertrümmerten Überreste hinter sich. Ohne nachzusehen, ob Hongye auf seinen Ruf gehört hatte – dazu blieb keine Zeit. Er sprang vorwärts auf den Tisch zu, griff sich die Pistole und stürzte sich direkt auf Boss Pang, der mitsamt seinem Stuhl nach hinten überkippte. Den Geräuschen hinter ihm nach zu urteilen, hatte der Gangster die Stuhlteile abbekommen. Jon kniete auf Boss Pang lud die Pistole durch – eine Patrone flog auf den Boden – und drückte sie dem Triadenführer brutal ins Gesicht. Dann drehte er sich um, um nach Hongye zu sehen.

Hongye krabbelte auf den Schreibtisch zu. Der Gangster an der Tür hatte sich von der Überraschung erholt: Er schob sein Jackett hoch und zückte eine Waffe aus dem Hosenbund. Sie bestand aus zwei schwarzen Knüppeln, die mit einer kurzen Kette verbunden waren. „Keinen Schritt näher oder Dein Boss fängt sich 'ne Kugel", rief Jon. Hongye, die sich gerade am Schreibtisch hochzog, übersetzte keuchend.

Boss Pang schnappte nach Luft und presste ein paar Flüche auf Kantonesisch hervor, bevor er ins Englische wechselte: „Sie kommen hier nie lebend raus, Doktor Danger. Was für ein Fehler." Jon riss den Triadenführer auf die Beine und stieß ihn um den Tisch herum.

„Hongye, ist alles in Ordnung?" Ein Nicken. Jon richtete die Pistole auf Pang und seinen Schergen. Schritte polterten im Flur. Er schlang den linken Arm um die junge Studentin. „Vertrau mir." Dann warf er sich mit ihr rückwärts durch das geschlossene Fenster.

Aus dem warmen Licht des Büros im Hinterzimmer des Freudenhauses ging es in einem Regen aus Scherben in die kühle Abendluft – und dann mit einem schockierenden Schlag ins kalte Wasser. Sie waren sicher zwei Meter gefallen und fanden sich tief in der schwarzen Suppe des Kanals wieder. Jon griff Hongye und schwamm in Richtung Oberfläche. Oben angekommen trat er Wasser und feuerte einen Schuss mit der Pistole in Richtung des Fensters, damit die Gangster nicht auf die Idee kamen, ihnen zu folgen oder gar auf sie zu schießen. Hongye zappelte mit der Panik einer Nichtschwimmerin, Jon ließ die Pistole absinken und hielt sie fest, während er sie beide über Wasser hielt. Dann sah er ein Boot herannahen. „Doktor Danger! Hongye! Festhalten!" Sie klammerten sich an die niedrige Bordwand, während Li das Boot den Kanal entlang steuerte und sie so aus der Gefahrenzone zog.

Boss Pang Guo schenkte sich einen weiteren Whiskey ein. Der Abend war anders abgelaufen als erwartet aber er wusste, was er wissen musste. Das Mädchen war mehr als willens gewesen, ihm alle Details zu der Expedition zu verraten. Der Auftritt des übermütigen Gweilo Danger hatte ihn gezwungen, seine Pläne anzupassen – aber dazu war er fähig. Dennoch, er hätte es vorgezogen, nicht mit seiner eigenen Waffe bedroht zu werden. Der erste Whiskey hatte seine Nerven beruhigt, nachdem sein Untergebener Xu die Scherben aufgefegt und das kaputte Fenster notdürftig mit einer Decke geschlossen hatte. Nun spürte Pang, wie sich seine Lebensgeister wieder regten. Er verließ sein Büro durch die Geheimtür neben dem Aktenschrank und gelangte so in sein Geheimzimmer.

Von hier hatte er gut getarnte Sehlöcher in zwei Räume des Bordells – und ein Fenster, das auf der anderen Seite ein Spiegel war. In jenem Spiegelzimmer, das mit einem großen Himmelbett ausgestattet war, befanden sich die beiden Mädchen, die er hatte zurechtweisen müssen. Hongkong war voller Huren aus aller Welt – die laxen Gesetze der Kolonie führten dazu. Aber wo die Triaden agierten, war Verbrechen und somit auch Gesetzlosigkeit im Spiel. Die beiden Mädchen waren vom Land in die Stadt gekommen, um Geld zu verdienen. Dass dies nicht ihren Vorstellungen entsprach war Pang nur recht – manch einem seiner Kunden gefiel ein wenig Widerspenstigkeit.

Aber das Küssen war auf dem chinesischen Festland noch immer nicht angekommen und hier in der Kolonie erwarteter Teil der Dienstleistungen, die Männer wie Pang anboten. Also hatte er den beiden aufgetragen, miteinander zu üben. Das taten sie – für Widerstand waren sie viel zu verängstigt – offenbar schon seit der halben Stunde, die vergangen war. Pang setzte sich in seinen Sessel und genoss die Show zweier unschuldiger Mädchen vom Lande, die auf dem Bett saßen und in einen innigen Kuss versunken waren. Morgen würde sein Plan in Aktion treten. Und dann würde er unsterblich werden.

Der Acht-Uhr-Zug in Richtung Inland verließ den Bahnhof der Kolonie Hongkong pünktlich. An Bord: Eine Expedition der Universität, geleitet von Professor Jackson höchst selbst. Jackson war Anfang 70 aber noch gut zu Fuß. Der drahtige Gelehrte mit dem Ziegenbart trug eine runde Brille, eine Melone und einen passenden Gehstock. Der alte Orientalist hatte Jon Danger als Sprachexperten zu sich gebeten – in der Annahme, dass es in der Gruft des Herrschers aus vorkaiserlicher Zeit Inschriften geben könnte, die noch älter als die chinesische Sprache selbst waren. Ebenso dabei waren Li, Hongye und eine Handvoll weiterer Studenten. Und Ausrüstung von Vermessungsgeräten bis hin zu Grabwerkzeug. Jon blickte aus dem Fenster und beobachtete, wie die Stadt ausdünnte und nach einer Brücke zu Land wurde.

„Das Festland ist derzeit gefährlich. Aber ich habe mir von den Kolonialbehörden versichern lassen, dass der lokale Warlord diesen Monat ausgezahlt wurde und den Bahnverkehr unbehelligt passieren lässt", erklärte Professor Jackson gerade zum dritten Mal seinen Studenten und Jon, die über einige Sitzbänke in einem Waggon der Holzklasse verteilt waren – andere Klassen hatte der Zug gar nicht. „Wenn wir in Huaiji angekommen sind, mieten wir uns lokale Transportmittel. Schubkarren sind da als Überlandfahrzeug beliebt. Wir sollten übermorgen schon am Wasserfall sein. Wenn das, was meine lokalen Quellen sagen, stimmt, dann können wir in drei Tagen anfangen, die Gruft zu erforschen."

Der Professor wurde in seinen Ausführungen unterbrochen, als ein Ruck durch den Zug ging. Hongye wurde auf Jons Schoß geschleudert, von hinten hörte man das Kreischen des Bremswaggons. Die Fahrgäste wurden, nachdem sie sich vom ersten Schrecken erholt hatten, plötzlich sehr aktiv: Geldbörsen wurden in Hühnerkäfigen versteckt, Münzen und Scheine in Ritzen geschoben.

Jon sah den Professor an, der etwas verdutzt dreinschaute. Li wechselte ein paar Worte mit einer Bäuerin zwei Bankreihen weiter. „Professor, Doktor Danger, die Frau sagt, der Zug wird überfallen."

„Das ist unmöglich. Die haben mir versichert ..." Der Professor wirkte eher empört als verängstigt.

„Vielleicht haben sich die Preise geändert", sagte Jon zähneknirschend und sah sich nach etwas um, das man als Waffe benutzen könnte.

„Doktor Danger", Hongye hatte sich schnell von Jons Schoß entfernt, saß neben ihm. „Jon, nicht. Diese Kerle werden zu viele sein und sie haben sehr gute Waffen. Schauen Sie hinaus."

Der Zug war zum Halten gekommen und draußen tummelten sich Gestalten in etwas, das fast als Uniform durchgehen konnte. Vor allem aber an den blauen Binden, die jeder der jungen Männer um den Kopf trug, erkannte man, dass sie eine Einheit waren. Keiner der Jungs war älter als 20, die meisten sogar weit jünger. Aber sie trugen Gewehre in den Händen und Schwerter am Gürtel. Sie suchten offenbar den Zug ab. Als sie die Gruppe um Professor Jackson durch das Fenster sahen, zeigten sie mit den Fingern und weitere ihrer Kameraden kamen hinzu. Dann kam ein Trupp der Männer an Bord des Waggons.

Die Passagiere blieben verängstigt auf ihren Sitzbänken. Die jungen Männer kamen den Gang entlang – zielstrebig auf die Gruppe um Professor Jackson zu. Dabei warfen sie feindselige Blicke auf jeden, der es wagte, sie anzuschauen. Einer der Männer, offenbar der Anführer des Trupps, keifte etwas in einem festlandchinesischen Dialekt. Professor Jackson antwortete in nahezu einwandfreiem Mandarin, das Jon nicht verstand. Der Blick des Mannes fuhr über die Gruppe. Dann, blitzschnell, rammte er dem alten Gelehrten eine Faust in den Magen. Professor Jackson krümmte sich zu Boden. Jon holte aus aber Li und ein anderer Student hielten ihn fest. „Nicht, Doktor Danger. Die töten uns alle!"

Die Milizionäre befahlen der Gruppe um Professor Jackson, den Zug zu verlassen. Zwei Studenten stützen ihren Professor, der noch immer nach Luft rang. Draußen stiegen sie vom Waggon runter auf das Gleisbett neben den Schienen. Nun konnte Jon erkennen, was den Zug zum Halten gezwungen hatte: Vor der eigenen Lokomotive stand etwas auf den Schienen, das an eine Mischung aus Eisenbahn, Kriegsschiff und Panzer erinnerte.

Ein Panzerzug. Jon hatte gehört, dass die Warlords in Festlandchina diese gewaltigen Schienenfahrzeuge nutzten, um sich gegenseitig Gebiet streitig zu machen – ganz wie die Revolutionäre in Russland. Das Gefährt bestand, soweit Jon das aus diesem Winkel erkennen konnte, aus sieben Waggons inklusive einer gepanzerten Lokomotive. Die befand sich nicht ganz vorne, sondern an zweiter Stelle. Davor und am hinteren Ende des Zuges befanden sich gepanzerte Waggons mit Geschütztürmen und MG-Schießscharten. Dazu kamen noch einige Güterwaggons, die Wände ebenfalls mit Panzerplatten verstärkt.

Die Männer drängten ihre acht Gefangenen über den staubigen Bahndamm. Rechts und links erstreckten sich feuchte Reisfelder, im Westen lagen in der Ferne Berge. Sie kamen an der eigenen Lok vorbei und gingen dann den Panzerzug entlang. In seinem Schatten wirkte das Fahrzeug noch gewaltiger. Die Geschütze waren, so schätzte Jon, Vierpfünder. Was sich hinter den MG-Scharten versteckte, lies sich nur erahnen. Die Gefangenen wurden bis zum dritten Wagen des Zugs geführt, einem der Güterwaggons, der direkt hinter der gepanzerten Lokomotive gelegen war. Die Männer bedeuteten ihnen, in das dunkle Schott an der Seite einzusteigen.

Im Inneren war der Waggon düster aber luxuriös eingerichtet. Die meisten der Soldaten blieben draußen, nur vier von ihnen stiegen mit ein, um die Gefangenen zu bewachen. Es gab gepolsterte Sitzgruppen, die eher in ein Hotel gepasst hätten, als in einen Zug. Sogar ein Himmelbett war am hinteren Ende des Waggons installiert – dies war offenbar der persönliche Reisewagen des Warlords, der den Überfall befohlen hatte. Er schien allerdings nicht dabei zu sein. Ihre Häscher deuteten den Gefangenen, sich weiter vorne im Waggon auf zwei Bänke zu verteilen und setzten sich selbst auf Sitze – die Gewehre bereit in den Händen. Draußen schnaubte die Lok und der schwere Panzerzug setzte sich wieder in Bewegung.

Sie fuhren seit mehreren Stunden mit unbekanntem Ziel. Plötzlich röhrte ein Alarmsignal durch den Zug. Die Wächter im Waggon wurden nervös. Jon blickte durch einen Sehschlitz in der Panzerung nach draußen. „Runter!" brüllte er seinen Begleitern zu, während er selbst Hongye und Professor Jackson mit dem einen, Li sowie einen weiteren Studenten mit dem anderen Arm zum Boden des Waggons riss.

Dann zerbarst die Welt in Lärm, Rauch und Splitter. Hustend blickte Jon auf. Ein Loch war in den Waggon gerissen worden, im Schein des einfallenden Tageslichts tanzten Staubflocken und Rauch über den Trümmern des

Mittelteils des Waggons. Die meisten ihrer Wächter lagen tot oder bewusstlos am Boden. Jon zwang sich, aufzustehen, taumelte zum nächsten Mann in Uniform und nahm diesem die Pistole ab. Aus den Brusttaschen sammelte er noch zwei Ladestreifen für die Waffe ein. Er richtete die Pistole auf zwei überlebende Milizionäre. „Raus!" rief er ihnen auf Kantonesisch zu und gestikulierte mit der Waffe auf die geborstene Außenwand. Ob sie Jons Wort verstanden oder nicht, sie sprangen nach kurzem Zögern durch das Loch aus dem fahrenden Zug.

Li, Hongye, Professor Jackson und die anderen waren bis auf ein paar Blessuren kaum verletzt. Jon nutzte das Arsenal halbautomatischer Pistolen, das die Soldaten bei sich hatten, um die Gruppe zu bewaffnen. Draußen, vor und hinter ihnen tobte ein Gefecht: Ein anderer Panzerzug, offenbar von einer verfeindeten Truppe, fuhr auf dem Parallelgleis und feuerte auf ihren Zug. Der erwiderte das Feuer. „Li, wir müssen die Lok und den Geschützwagen davor unter unsere Kontrolle bringen. Professor, können Sie mit uns rüber auf die Lokomotive klettern?" Der Professor hatte eine blutverschmierte Stirn und nickte benommen.

„Diese Seite, von der anderen wird geschossen." Jon öffnete das Schott und kletterte als erster hinaus auf die Seite des fahrenden Zugs.

Die Lokomotive war weitgehend unbeschädigt – vielleicht wollten die Schützen des anderen Zuges sie erbeuten. Jon kletterte über die Prellböcke zwischen den Zugteilen und dann auf die Oberseite der Lok. Dort öffnete er das Panzerschott, unter dem sich der Kohletender befinden musste. Die beiden Männer im Inneren hatten nicht mit einem Feind an Bord gerechnet und waren zu überrascht, um Gegenwehr zu leisten. Sie waren unbewaffnet. Die

Studentenschar kam nach und nach ebenfalls durch den Schacht. „Li, halte die beiden in Schach und sorge dafür, dass wir weiter Volldampf haben! Ich mache uns leichter." Jon kletterte zurück über den Kohlehaufen und ins Freie.

Eine MG-Salve hämmerte nach ihm, er rutschte halb auf die rechte Seite der Außenpanzerung herunter und hielt sich an einer Kante fest. Dann schob er sich zum Heck der Lok und kletterte wieder zwischen die beiden Wagen. Er nahm die Pistole zwischen die Zähne, beugte sich über die Kupplung und zog an deren Hebel. Er stöhnte, schwitzte und dann – mit einem Ruck – löste sich die Kupplung. Jon rutschte ab, wäre fast zwischen die nun getrennten Zugteile gefallen. Er hielt sich im letzten Moment an einem Haltegriff der Lok fest. Dann schwang er sich wieder die Leiter hinauf und auf das Dach des Kohletenders.

Jon erhaschte einen ersten Blick auf den feindlichen Panzerzug. Dieser war kürzer als ihrer und bestand neben Lokomotive und einem Transportwaggon aus zwei Artilleriewagen und einem Waggon, der mit zwei Maschinenkanonen auf Flugabwehrlafetten ausgestattet war. Der Zug war ein Stück zurückgefallen und feuerte gerade mit allen seinen Waffen auf den hinteren Geschützwagen ihres eigenen Zuges. Der hintere Zugteil verlor bereits an Fahrt und fiel ebenfalls zurück. Jon drehte sich um und lief über das gepanzerte Dach der Lokomotive. Diese schob noch immer den vorderen Geschützwagen vor sich her – vermutlich mit zwei bis drei Dutzend bewaffneten Soldaten darin.

Diese machten sich auch schon bemerkbar: Ein Schuss peitschte Jon um die Ohren. Ein Mann ragte zur Hälfte aus einer Luke im Dach des Geschützwagens vor Jon und richtete eine Pistole auf ihn. Der zweite Schuss pfiff direkt an Jons Ohr vorbei. Er zuckte nach rechts und schwang sich dann über die Seite der Lokomotive. Fast wäre er vom Zug gefallen, wäre da nicht ein Trittbrett gewesen. Sein Fuß fand halt und er arbeitete sich weiter nach vorne vor. Zwischen den Waggons nahm Jon die Pistole wieder in die Hand. Als der Mann vom Geschützwagen über ihm auftauchte, feuerte Jon sofort. Er verfehlte, aber der Soldat zog seinen Kopf zurück. Jon kletterte auf die andere Seite der Kupplung, unter ihm das rasende und tödliche Gleisbett. Der Mann über ihm hielt seine Pistole blind in die Kluft zwischen Lok und Waggon und feuerte auf die Position, auf der er Jon noch immer vermutete. Der drückte sich an die Seite und schoss ein paar Mal auf die Hand über sich, ohne jedoch zu treffen. Gleichzeitig hielt er sich mit der linken Hand an einem Griff fest und versuchte, mit dem Fuß den Kupplungshebel zu erreichen.

Die Kupplung war im schiebenden Zustand leichter zu lösen, als es auf der Rückseite der Lok der Fall gewesen war. Jon schoss ein paar Mal auf den Mechanismus, damit sich dieser nicht wieder einrasten konnte. Die Pistole klickte und war leer. Er blickte nach oben, direkt in das Gesicht des Mannes vom Geschützwagen. Der hatte seine Pistole durch ein langes Messer, fast schon ein Schwert, ersetzt. Damit hackte er nach Jon. Diesem blieb nur, sich auf der Kupplung zu ducken, um aus der Reichweite der Klinge zu kommen. Der Mann auf dem Dach rief etwas über seine Schulter. Dann knallten Schüsse und der Mann verschwand hinter der Kante. Weitere Schüsse. Lis Gesicht erschien über Jon.

„Doktor Danger! Geben Sie mir Ihre Hand!" Gerade als Li Jon hochziehen wollte, ruckte die Lok über eine unebene Stelle im Gleisbett. Li wurde über Jon hinweggeschleudert und fiel zwischen Waggon und Lokomotive.

Jon klammerte Lis Handgelenk, dessen Finger gruben sich in seinen Unterarm. Der Hongkonger Student hing mit den Beinen unter der Lokomotive, mit dem Oberkörper zwischen dem rechten Prellbock und der Waggonkupplung. Jon hielt sich mit der linken Hand am Haltegriff der Lok fest und zog aus Leibeskräften. Schließlich gelang es ihm, Li auf die Kupplung zu zerren. Beide hielten sich einen Moment lang keuchend fest. Über ihnen krachten erneut Schüsse. Dann hörten sie eine Frauenstimme über den Lärm des Zuges hinweg rufen. "Meine Schwester", grinste Li erschöpft.

Jon half Li auf die Lok und dieser zog ihn dann hoch. Um sie herum flogen Kugeln: Die Männer an Bord des Geschützwagens kamen aus Luken und feuerten in ihre Richtung. Das Feuer wurde allerdings erwidert: Aus dem Ladeschacht des Kohletenders ragte Hongye, das Gesicht kohleverschmiert und in der ausgestreckten Hand eine Mauser C96. Mit einem Blick äußerster Konzentration zielte sie mit der langläufigen Pistole an Li und Jon vorbei, feuerte. Hinter Jon ein kurzer Aufschrei, dann fiel eine Gestalt vom Zug und verschwand entlang der Strecke. Dann holte Hongye zu Jons Überraschung einen Ladestreifen hervor und lud die Waffe durch wie ein geübter Experte.

Li krabbelte vor Jon her in Richtung der Luke im Dach des Führerhauses. Jon wollte ihm folgen, sah Hongye erst praktisch auf ihn zielen, dann Angst in ihren Augen. Sie Verschwand nach unten in den Kohlebunker. Jon blickte sich in Richtung Fahrtrichtung um. Er sah, wie der Mann von vorhin auf die Lücke zwischen Geschützwagen und Lok zugerannt kam, das Schwert in der Hand und grimmige Entschlossenheit im Gesicht.

Jon wich zwei Schritte zurück, hörte einen Ruf als der Kämpfer gerade sprang. Er löste seinen Blick kurz von dem Angreifer. Hongye war wieder in der Kohlenklappe aufgetaucht und warf ihm eine Schaufel zu. Jon fing sie auf, drehte sich um, riss sie hoch. Gerade noch rechtzeitig, um das herabschwingende Kurzschwert des Angreifers zu stoppen. Der Ruck des Aufpralls brachte beide Kämpfer auf der fahrenden Lok ins Straucheln. Der Soldat fing sich etwas schneller als Jon, schwang sein Schwert in einem flachen Bogen, der den Kanadier ausgeweidet hätte, hätte dieser nicht erneut mit der Schaufel pariert. Das Schwert prallte ab, ging nieder und hackte einen Schnitt in Jons Bein. Dieser ignorierte die Wunde und ging in die Offensive: Wie beim Bajonettfechten griff er die Schaufel mit beiden Händen und stieß seinem Gegner nach dem ihm zugewandten Knie. Er traf, der Mann schrie auf, verlor das Gleichgewicht, rutschte vom fahrenden Zug und verschwand – vermutlich mit einigen gebrochenen Knochen – in der vorbeirauschenden Landschaft.

„Festhalten!" hörte Jon die Stimme Lis, der inzwischen ins Innere der Lokomotive geklettert war. Er konnte gerade noch einen Griff am Schornstein zu Packen bekommen und sich flach auf das Dach legen, als die Lok mit quietschenden Bremsen ihr Tempo verringerte. Der Geschützwagen, abgekoppelt, rollte weiter und schnell davon – die Soldaten darauf waren schnell außerhalb der Reichweite ihrer Faustfeuerwaffen.

Als die Lok zum Stehen gekommen war, tauchte Professor Jackson in der Dachluke auf. „Danger! Da vorne ist eine Weiche. Die stellen meine Studenten jetzt um. Kommen Sie an Bord, schnell. Wir nehmen den Ausweichgleis und dann sind wir erst einmal sicher. Hier drinnen ist eine Karte und unsere Gefangenen waren auch hilfreich."

Jon kletterte in die dunkle Führerkabine der Lok. Er erblickte Hongye. „Es ist in Ordnung. Es ist immer schlimm, wenn man das erste Mal jemanden erschossen hat. Glaub mir, ich habe das oft mitbekommen", sagte Jon tröstend.

„Nein Jon, es war nicht das erste Mal."

„Wieso kannst Du überhaupt so gut mit einer Waffe umgehen?"

Die beiden Studenten, die rausgelaufen waren, um die Weiche umzustellen, kamen wieder an Bord. Der gefangene Heizer wurde angehalten, wieder Feuer unter den Kessel zu geben.

„Jon", sagte Hongye und sah ihm dabei nicht in die Augen. „Wir waren nicht ganz ehrlich mit dir."

Sie hatten viele Stunden in der Enge der Lokomotive verbracht. Professor Jackson hatte anhand von Kartenmaterial navigiert: Zwei Mal waren sie angehalten und mussten eine Weiche stellen. Dann kamen sie tatsächlich in Huaiji an. Hongye hatte Jon gesagt, sie würde ihm später alles erklären. Wenn sie ein wenig mehr unter sich wären. Der Rest der Gruppe hatte ihm wissende Blicke zugeworfen: Die Studenten, ja auch Professor Jackson, steckten bei irgendetwas unter einer Decke. Irgendetwas, das den regelmäßigen Gebrauch von Schusswaffen involvierte.

Die gekaperte Panzerlokomotive hielt auf dem kleinen Bahnsteig des Dorfs. Es gab hier kein Bahnhofspersonal und neugierige Einheimische waren auch nicht zu sehen, als Jon vom Zug kletterte. Heizer und Lokführer waren entwaffnet worden und man überließ sie und ihre Lok sich selbst. Die beiden diskutierten noch, was sie nun tun sollten, während Li Professor Jackson von der Lok half. Hongye und die anderen Studenten standen bereits als rußverschmierte Gruppe auf dem Bahnsteig.

Schnell waren mit Geld, das Professor Jackson versteckt hatte, Transportmöglichkeiten angeheuert. Bezahlt mit mexikanischen Silbermünzen, wie Jon auffiel. Jeweils zwei aus der Gruppe wurden auf die landestypischen einrädrigen Schubkarren gesetzt. Diese bestanden aus einem großen, zentral angebrachten Rad, zwei Transportplattformen zu jeder Seite davon sowie vorne und hinten jeweils zwei Griffstangen zum Schieben oder Ziehen. Proviant und neues Grabwerkzeug waren ebenfalls auf zwei der Karren verstaut. Dann ging die Fahrt los. Jon nutzte die Chance, mit Hongye (und einiger Ausrüstung für die Balance der Karre) auf einer Schubkarre zu fahren.

„Viel mehr Privatsphäre werden wir nicht bekommen, Hongye", sagte er.

Sie wich seinem Blick noch immer aus. „Jon", sagte sie. Dann eine längere Pause. „Jon, wir sind nicht einfach nur Studenten der archäologischen Fakultät. Wir arbeiten für eine bessere Zukunft. Wenn all diese Bürgerkriege vorbei sind, wird China ein Land werden, in dem Menschen gut leben können. Ich gehöre zum Geheimdienst von General Kaicheck. Mein Bruder auch. Er hat uns angeworben, um die Lage in Hongkong auszuspähen. Und mit Professor Jackson und den anderen wollen wir dafür sorgen, dass dieses Land sein kulturelles Erbe nicht ganz verliert. Ein Teil dessen, was wir hier finden werden, wird nach London gehen. Aber nur ein Teil. Den Rest verstecken wir. Hier im Lande, bei Verbündeten. Damit es irgendwann in ein Museum hier in China kommen kann. Die Menschen in diesem Land haben ein Recht darauf, ihre Geschichte selber ansehen zu können, glaubst Du nicht?"

Jetzt sah sie ihn über das hölzerne Rad hinweg an. Jon hatte ihr schweigend zugehört und dachte nach. „Und mich braucht Ihr, weil?"

„Wie Professor Jackson in seinem Brief geschrieben hat: deine Theorie über antedeluvische Kontakte und eine Sprachkenntnisse in dieser Sache könnten hier helfen. Die Gruft ist älter als alle bekannten Dynastien."

„Wenigstens das stimmte also", sagte Jon nachdenklich und lies seinen Blick über die langsam vorbeiziehenden Reisfelder schweifen.

„Hongye, ich werde meine Funde hier dokumentieren und veröffentlichen. Wenn ihr dabei Dinge verschwinden lassen wollt, tut das. Aber haltet die Forschung nicht auf."

„Das hatten wir nicht vor. Wir sind wirklich Archäologen, Jon. Aber unsere Loyalität gilt dem Volke Chinas, nicht dem von Großbritannien."

Jon lächelte. „Schätzchen, ich habe Seite an Seite mit Franzosen und Belgiern und Amerikanern gekämpft. Damit kann ich leben."

Der Fußweg bis an ihr Ziel dauerte drei Tage. Die Karren wurden eine schmale Spur entlang geschoben, die sich zunächst durch Reisfelder und dann entlang atemberaubender Berghänge schlängelte. In den nebeligen Tälern befanden sich Wälder und Flüsse. Schließlich kamen sie an eine Stelle, ab der sie ohne ihre Karrenfahrer weiterkommen mussten: Der eigentliche Weg war vorbei.

„Es sind nur ein paar Kilometer bis zum Wasserfall", erklärte Professor Jackson. „Allerdings ist der Pfad kaum genutzt und sehr steil. Ich werde etwas Hilfe benötigen." Die Studenten wechselten sich damit ab, Professor Jackson den steilen Weg durch die Berge zu führen. Dieser war offenbar vor Jahrhunderten, wenn nicht Jahrtausenden in den Stein gemeißelt worden. Er war stellenweise ausgewaschen und kaum noch erkennbar – aber er führte sie um einen felsigen Gipfel herum zu einem Plateau mit einem kleinen See, der von größeren Höhen mit einem Wasserfall gespeist wurde. Am Rande des Sees standen mehrere Zelte und Männer mit Gewehren lungerten am Rande des Wassers herum. Dann hörten sie oberhalb des Weges das charakteristische Schnappen von Waffen, die durchgeladen wurden.

„Professor Jackson, Doktor Danger, Miss Hongye", rief eine Stimme von oben herab. ""Ich hatte Sie nicht erwartet. Wir haben gutes Geld dafür bezahlt, dass Sie hier höchstens in Ketten ankommen. Ich werde mit meinen Kontakten sprechen müssen." Es war Boss Pang mit einer Gruppe von Gangstern, die Pistolen auf sie gerichtet hatten. „Sie sind überrumpelt. Es wäre klug, wenn Sie alle Ihre Waffen ablegen. Ich brauche nicht alle von Ihnen lebendig." Jon hob seine Hände, die Studenten und Professor Jackson ebenfalls. „Brav", rief Boss Pang, „jetzt werden Sie langsam in Richtung unseres Camps gehen. Wir können da bei einer Sache Ihre Hilfe brauchen. Ich hoffe, Sie machen mit. Sonst töten wir Ihre Freunde. Einzeln, versteht sich."

Die Zelte waren schlecht abgespannt und die Bemühungen von Zweien der Gangster, ein Kochfeuer in Gange zu bekommen, wirkten amateurhaft. Jon zählte 19 Männer inklusive Boss Pang, der sie mit dem Stolz eines Siegers durch das Lager führte. „Sie haben Glück, Doktor Danger, dass Sie ein Mann wertvoller Talente sind. Nach so einer Aktion wie der in meinem Etablissement würde ich jeden anderen bei lebendigem Leibe häuten."

„Wenn Sie gerade wieder versuchen, mich anzuwerben: Sie müssen an Ihrem Verkaufsgespräch arbeiten, Pang."

Jon schätzte die Lage ein. Es gab 19 Feinde in diesem Lager. Fünf Zelte. Professor Jackson, Jon selbst, Li, Hongye, fünf weitere Studenten. Man hatte ihnen ihre Waffen abgenommen. Es sah sehr schlecht aus. „Vorerst brauche ich Sie für die Tür, Doktor Danger. Je länger Sie sich als nützlich erweisen, desto länger leben Ihre Freunde. Ich halte die Zügel in der Hand. Ich habe eine Waffe. Mehr muss ich Ihnen nicht verkaufen." Boss Pang lächelte wieder sein Verkäuferlächeln mit kalten Augen darüber.

Während der Rest der Gruppe zwischen den Zelten gefesselt wurde, führte Boss Pang Jon und Professor Jackson in Begleitung von vieren seiner Männer zum Wasserfall. „Wir müssen waten. Machen Sie keine Dummheiten!" rief der

Gangster über das Tosen hinweg. Das Wasser war hüfthoch und eiskalt. Hinter dem Wasserfall befand sich ein Hohlraum von der Größe eines kleinen Hauses. Etwa einen Meter über der Wasseroberfläche lag eine kreisrunde Tür in den Fels eingebettet. Sie schien aus einem matten, dunkelgrauen Metall zu sein. Jon half Professor Jackson auf den Sims davor, während Pang und seine Leute misstrauisch ihre Waffen auf sie richteten.

„Faszinierend, Danger", sagte Professor Jackson, seine volle Aufmerksamkeit auf diese so deplatziert wirkende Tür gerichtet. „Was glauben Sie, was das für ein Material ist? Eisen? Aber warum ist es nicht korrodiert?"

Jon tastete die Tür ab. „Vielleicht ein Meteoritenmetall", mutmaßte er. Nachdem sich seine Augen an das schummrige Licht gewöhnt hatten, sah er die Schriftzeichen, die in die Tür graviert waren. Sie waren klar mit den antedeluvischen Lettern verwandt, die Jon in seiner Doktorarbeit öffentlich beschrieben hatte. Die Sprache war ihm jedoch fremd. Es war ein protochinesischer Dialekt.

„Professor, ich lese Ihnen vor und Sie sagen mir, was da steht, ja?"

„Oh. Ja, versuchen wir das." Jackson schob sich die nasse Brille in die Stirn. Es dauerte eine Weile, bis Jon die fremdartigen Laute artikuliert hatte und Jackson diese auch verstand. Aber sie kamen gemeinsam zu einem Ergebnis:

„Wanderer öffne nicht dieses Tor. Der dahinter hat Kaiser und Götter gleichermaßen beraubt. Er verdient die Hölle, die er selber ist."

„Ist das eine Warnung?"

Hinter ihnen wurde Boss Pang ungeduldig. „Was ist los? Was steht da?"

„Es ist eine Warnung", sagte Jon. „Sie sollen diese Tür nicht öffnen."

„Das werde ich auch nicht. Das machen Sie, Doktor."

„Was, wenn ich mich weigere?" Boss Pang sah ihn an. Jon reagierte zu spät, wollte noch etwas rufen, aber der Schuss fiel bereits. Professor Jacksons Augen weiteten sich und er klammerte sich an Jon fest, während er zu Boden sank. Jon half ihm in eine liegende Position – aber der alte Gelehrte war tot, bevor er ganz unten angekommen war.

„Das hätten Sie nicht tun müssen, Pang."

„Sie hätten sich nicht widersetzen müssen. Denken Sie daran: Wir haben noch mehr Ihrer Freunde. Und das Mädchen ... Für die haben wir noch ganz andere Pläne. Öffnen Sie jetzt diese Tür für mich?"

Jon schloss vorsichtig Professor Jacksons Augen. „Ich werde es versuchen", sagte er, „aber Sie werden damit nicht durchkommen, Pang", fügte er leiser hinzu. Das Rauschen des Wasserfalls übertönte ihn.

Die Tür bestand vollkommen aus dem fast schwarzen Metall. Sie war nicht verrostet, wohl aber an vielen Stellen mit Dreck verkrustet. Unter einer solchen Stelle entdeckte Jon eine sternförmige Einlassung. „Ich glaube, hier gehört ein Schlüssel rein", rief er Pang zu. Dessen Augen leuchteten auf. Er steckte die Pistole weg, holt etwas aus der Innentasche seines Anzugs.

„Passt das hier?" Fragte der Triade, als er Jon das Objekt zuwarf. Dieser fing es. Es war ein kurzer Zylinder aus dem gleichen Material, wie es die Tür war, etwa so groß wie eine Dose Thunfisch. Das Ende war sternförmig ausgearbeitet.

„Wo haben Sie das her?"

„Das braucht Sie nicht zu kümmern, Doktor Danger."

„Doch. Sonst kann ich Ihnen hier nicht weiterhelfen."

„Von einem Händler in Afrika. Addis Abeba. Mr. Abdi ist ein gut vernetzter Mann."

Jon steckte den Zylinder mit der Sternform in die Einbuchtung der Tür. Er passt nicht nur, er zog sich auch fest, wie ein Magnet. Jon drehte. Im Inneren der Tür klickte es. Ein prüfender Druck – und die metallene Tür ließ sich nach innen aufschwingen.

Boss Pang kam mit schnellen Schritten auf Jon zu. Dann zögerte er kurz. „Sie gehen vor." Er sagte etwas in schnellem Kantonesisch und einer seiner Leute holte einen Satz in Wachstuch eingehüllte Fackeln hervor. Er reichte Jon eine davon. Der fischte sein altes Armeefeuerzeug aus der Hose und zündete die Fackel an. Der Eingang war ein rundes Loch purer Dunkelheit. Er hielt die Fackel ins Innere der Gruft. Pang fuchtelte mit der Pistole, Schweiß auf der Stirn und mit zitternder Stimme: „Los doch, Doktor. Wollen Sie nicht sehen, was da drin zu finden ist?" Jon stieg über die Rundung der Türschwelle in die Dunkelheit.

Die Eingangskammer der Gruft war ein Quadratischer Raum. Gegenüber der Eingangstür führte ein Tunnel mit Stufen weiter in die Tiefe. Die Wände waren über und über mit Kratzspuren bedeckt. Der Boden schien aus gepacktem Lehm zu bestehen. Jon machte ein paar Schritte hinein. Pang und zwei seiner Männer folgten, sie hatten ebenfalls Fackeln entzündet, hielten ihre Pistolen aber weiterhin bereit.

Jon sah sich die Tür an. Schwere Bolzen waren als Schließmechanismus darin verbaut, wie bei einem Banktresor. „Das ist unglaublich. Wenn es so alt ist, wie wir glauben, dann ist das ein völlig unmöglicher Mechanismus", murmelte er. Dann sah er die Rückseite der Tür. In das schwarze Metall waren ebenfalls Furchen gekratzt. Als ob irgendetwas versucht hatte, aus dem Raum zu entkommen.

„Weiter! In den Tunnel. Es ist da unten, Doktor Danger!" Boss Pang verschwendete keinen Blick auf die Indizien des Raumes oder den komplexen Mechanismus der Tür. Er fuchtelte immer hektischer mit seiner Pistole herum. Jon hob die Fackel und ging zu der Treppe. Diese führte dreizehn Stufen hinunter und mündete in einer weiteren Kammer. Auch hier war der Boden lehmig. Die Wände jedoch waren glatt – mit geschliffener Jade ausgekleidet oder aus dieser herausgehauen.

Der Raum war etwa zwölf Schritte lang und acht breit. Am Ende stand eine uralte Truhe. Und davor lag in Fötushaltung zusammengekrümmt eine ausgetrocknete Mumie. Boss Pang erschien hinter Jon, konnte sich nicht mehr zurückhalten, eilte um ihn herum auf Mumie und Kiste zu. Seine beiden Männer blieben zögernd am Fuß der Treppe stehen.

Pang ließ alle Vorsicht fahren. Er steckte die Pistole in den Hosenbund, legte die Fackel neben die Mumie und begann, die Kiste abzutasten. Dabei murmelte er etwas in Kantonesisch. Jon kam ein paar Schritte näher. Dann blieb er stehen. Er hatte ein Funkeln in den halb geschlossenen Augen der Mumie gesehen, einen Widerschein der Fackel. Das war unmöglich. Die sehnige Gestalt, in zerfallene Lumpen gehüllt, musste seit Jahrtausenden tot und nur von Trockenheit und Quecksilberdämpfen erhalten sein. Dann jedoch bewegte sich ein ausgedörrter, brauner Finger.

„Pang."
„Stören Sie mich nicht, Danger." Der Gangster beachtete ihn gar nicht. Dann rollt sich die Mumie in Richtung Pang,

krallte sich in dessen Hose, zog sich an ihm hoch. Die Augen des Mannes weiteten sich in grenzenlosem Terror, als er realisierte, dass es nicht der lästige Doktor Danger war, der ihn angriff. Er gab einen gellenden Schrei von sich, der abriss, als die Kreatur ihre langen, verdorrten Finger um seinen Hals schloss. Jon hörte hinter sich entsetzte Rufe, dann Schritte – die beiden Gangster flohen die Treppe hinauf. Boss Pangs Hände klammerten verzweifelt nach den Handgelenken der Mumie, die nicht locker ließ. Jon machte ein paar Schritte nach vorne, schlug dem Monstrum mit der Fackel von hinten in den Nacken. Dieses drehte den ledrigen Hals und blickte ihn an. Zurückgerollte Lippen, zentimeterlange Zähne, fast zur Gänze geschlossene Augen unter ledrigen Augenlidern. Lumpen, die, wie Jon realisierte, aus menschlichem Haar bestanden.

Es donnerte. Boss Pang hatte seine Mauser aus dem Gürtel gezogen bekommen und feuerte der Kreatur in den Bauch. Immer wieder, bis die Hände losließen und die Mumie zu Boden glitt. Pang feuerte weitere Schüsse in den Leib der Kreatur, dann noch drei in den Kopf. Der Abzug der Waffe klickte, während der Gangster mit der anderen Hand seinen Hals rieb. Er rang noch immer nach Luft. Dann blickte er Jon an. Jon erwiderte seinen Blick. Pang ließ die Pistole fallen und zückte in der gleichen, fließenden und wohlgeübten Bewegung ein Messer aus einem verborgenen Halfter unter seinem Jackettärmel. Jon gab ihm keine Zeit, in die Offensive zu gehen und schlug mit der Fackel nach Pang.

Der wich einen Schritt zurück, stolperte über das Bein der Mumie, fiel auf die verschlossene Kiste. Die barst in Stücke – Boss Pang blieb zwischen den zerbrochenen Planken auf dem Bauch liegen. Jon ging vorsichtig um die reglose Mumie herum und dreht dann Boss Pang mit dem Fuß auf den

Rücken. Leere Augen starrten an ihm vorbei. Der Mann war in sein eigenes Messer gefallen, das ihm zwischen den Rippen steckte.

Mit der Fackel in der Hand ging Jon vorsichtig die Stufen in Richtung Ausgang hoch. In den Überresten der Kiste hatte er ein in Seide eingeschlagenes Jadegefäß gefunden, das ihn an eine kleine Schnupftabakdose erinnerte. Sollte dies das Elixier des Lebens sein? Er kam in die Eingangskammer und sah, dass die Tür vor seiner Nase verschlossen wurde. Dunkelheit, nur von seiner Fackel erleuchtet. Deren Rauch zog nicht ab. Er war eingeschlossen. Er untersuchte die Tür. Der Mechanismus war auch von dieser Seite aus gut geschützt. Nach einer Weile setzte sich Doktor Jon Danger auf den Boden und wartete, bis die Fackel erlosch.

Die Tür öffnete sich wieder. Li steckte den Kopf hinein, eine Pistole in der Hand. „Doktor Danger!"

„Li! Wie habt ihr Euch befreien können?"

„Sie leben!" Ein spitzer Schrei von der Tür, als Hongye sich an ihrem Bruder vorbeidrängte und Jon in die Arme sprang.

„Wir dachten, Du wärst tot, Jon! Die Kerle haben was von Dämonen gefaselt und sind abgehauen. Wir haben die Leiche des Professors gefunden und dachten das Schlimmste!"

„Professor Jackson … Ich kann euch nur sagen, dass er nicht lange gelitten hat."

Jon warf einen Blick auf den dunklen Treppenschacht. „Jetzt will ich erst einmal hier raus. Lasst uns alles weitere draußen besprechen."

„Natürlich, Doktor Danger", sagte Li. „Wir werden die Gruft später noch gründlich untersuchen und dokumentieren. Für die Wissenschaft."

„Und was wirst Du jetzt tun, Jon", fragte Hongye.

„Ich? Ich reise ab. Ihr braucht mich hier nicht – alles, was mit meiner Forschung zu tun hat, sind diese Tür und dieser Schlüssel. Und das hier gehört wohl Euch." Er übergab Hongye und Li das Gefäß aus der Grabkammer. Hongye sah ihn an. „Aber wo willst du jetzt hin?"

„Äthiopien", sagte Jon Danger, und blickte auf den rauschenden Wasserfall.

Aber das ist eine andere Geschichte. Nämlich:

Jon Danger und der Himmel von Abessinien